胡童鞋成长小说系列

超级大胃王

[马来西亚]李慧星　著

骑士喵工作室　绘

海峡出版发行集团｜海峡文艺出版社

角色介绍

校园大人物登场喽！

胡童鞋

- ❖ 原名叫"胡童缬（xié）"，但常常被叫错字，因此而改名。
- ❖ 性格：调皮、大胆、好玩、古灵精怪
- ❖ 优点：有正义感、重友情、想象力丰富
- ❖ 缺点：喜欢赖床，偶尔懒散
- ❖ 爱好：看漫画、看电视、玩
- ❖ 职务：巡察员
- ❖ 最喜欢的人：妈妈

刘奕雅

- ❖ 胡童鞋的闺蜜
- ❖ 性格：胆小、爱哭
- ❖ 爱好：吃
- ❖ 职务：小组长、图书管理员

妈妈

- ❖ 在出版社工作的作家
- ❖ 性格：外表优雅从容，内心汹涌澎湃

蒂丽

- ❖ 胡童鞋的同班同学
- ❖ 性格：缺乏自信、心地善良

王天翔

☆ 胡童鞋的同班同学
☆ 性格：强悍、爱面子、好胜
☆ 特点：最讨厌人家碰他的头发
☆ 职务：班长

张小棣

☆ 胡童鞋的同班同学
☆ 性格：畏畏缩缩，
　　爱自作聪明

陆立昂

☆ 胡童鞋的同班同学
☆ 性格：聪明、机灵

邓鼎

☆ 胡童鞋的同班同学
☆ 性格：单纯、迷糊、
　　爱吃、"妈宝"

岳老师

☆ 音乐老师
☆ 性格：注重外表、热爱音乐

纪老师

☆ 海洋班的级任老师
☆ 性格：责任心重、
　　有爱心

刘得华

☆ 王天翔的表哥
☆ 性格：追求时尚、自恋

超级大胃王

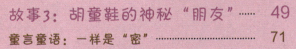

很多时候，妈妈生气是因为太担心我们了。只要我们好好地听妈妈的话，那么她就不会对我们发脾气了。

吼！

吼，老虎来了

今天一早，胡童鞋就在校门口站岗（gǎng）。

突然，校门外传来叫骂的声音。

"你最好给我安分一点儿，别再让老师打电话来向我投（tóu）诉（sù）你又闯（chuǎng）了祸！"

胡童鞋好奇地探（tàn）头往外看，只看到一个凶悍（hàn）的阿姨在戳（chuō）一个男生的头，还不停地对他大骂。

戳：用力使长条形物体的尖端碰触另一个物体。

　　"知道啦！知道啦！"那个男生大声地回答她，然后转身就走进校门。

　　"你最好是真的知道！要不然，我就对你不客气！"

　　阿姨离开的时候，还是气呼呼的。

　　许多家长和学生都看得目瞪（dèng）口呆。

　　"陆立昂？"胡童鞋发现男主角就是陆立昂。

　　"干吗？没看过母老虎吗？"陆立昂把手插进

目瞪口呆：形容因受惊而愣住的样子。

裤袋里，一副习以为常的表情。

"你说你的妈妈是母老虎？"

"不像吗？哼！"陆立昂没等她回答就走掉了。

"母老虎……"胡童鞋一直想着陆妈妈刚才的模（mú）样。

　　教室里，胡童鞋和几个女生在窃窃私语，不时传来阵阵笑声。陆立昂在一旁注意了很久，脸色很难看。

"胡童鞋，你这个人也太八卦（guà）了吧？到处宣（xuān）传（chuán）人家的家事！"王天翔帮他出头。

"什么家事？"胡童鞋不明白。

"你干吗把陆立昂在校门口被妈妈教训的事当笑话告诉她们？"张小棣也为兄弟愤（fèn）愤不平。

习以为常：常做某事或常见某现象，成了习惯，就觉得很平常了。
愤愤不平：十分气恼、不服气。

"什么？陆立昂被妈妈骂？"

"在校门口？"

女生们反问他们。

"你们……不是在讲这件事吗？"张小棣的脸色大变。

"我是在讲歌手录（lù）制专辑（jí）发生的趣事啊！"周子温好奇地问道，"陆立昂，你干了什么好事？竟然气得妈妈在校门口骂你？"

"对啊，快说！"

"哈哈，张小棣自己说出来的，我可没说喔！"胡童鞋觉得好笑。

陆立昂的脸都绿了，但他拼（pīn）命地装作不在乎的样子。

"他还说……他妈妈是母老虎……"胡童鞋忍不住说了出来。

"哼！不只是我家的老板娘，每一个妈妈都像母老虎，不是吗？"陆立昂习惯了把妈妈叫作"老板娘"。

"呵（hē）呵……我的妈妈也很凶，常常骂我。"邓鼎点头。

"你妈妈不是很疼你吗？怎么舍（shě）得骂你？"

"我把食物包装袋丢在床底，引（yǐn）来老鼠、蚂蚁和蟑（zhāng）螂（láng）……呵呵！"邓鼎不好意思地抓（zhuā）了抓头皮。

"哈哈，难怪！"

"坦（tǎn）白说，我的妈妈也像母老虎呢！当我的考试成绩没达到80分时，她就会不停地'轰炸（zhà）'我的耳朵！"

"我更惨（cǎn）呢！那一天，我只不过是打烂了一个玻璃杯，她的吼（hǒu）叫声已经传遍（biàn）了整个小区，大家都听见了！"

"你哪有我凄（qī）惨啊！有一次，我和表哥去购（gòu）物中心玩，玩得忘了时间，一回到家里，我妈已经坐在客厅等候，手上还拿着藤（téng）条……结果，屁股开花！"

"哈哈，你们太夸（kuā）张了！我惹（rě）妈妈生气时，她只会瞪着我说两句，不会大吼。"胡童鞋不相信。

"那是因为你还没踩到你妈妈的底线！"陆立昂这么认为。

"什么意思？"

"每一个妈妈都受不了孩子捣（dǎo）蛋、不听话，她一暴（bào）怒（nù），肯定会变身，没有例外。"王天翔解释。

"这里面随便一项（xiàng），都能让妈妈们在三秒内变身！"陆立昂把一张纸递（dì）给胡童鞋。

"什么东西？"大家抢着要看。

1.不做功课　2.脏衣服随地放　3.吃东西弄脏沙发　4.打烂鸡蛋　5.不洗澡　6.不刷牙　7.听写零分　8.顶嘴　9.偷吃零食　10.不停地看漫画

"真的，只要一项就能让我妈妈把我'铲上天花板'呢！"

"但是，这些事……我平时都在做……嘻嘻！"胡童鞋非常有信心，"我始终觉得妈妈不会变成母老虎。"

回到家时，妈妈走进了厨房，胡童鞋正要把书

包放在客厅的小桌子上。

突然，她的脑袋里闪过了一个念头。

她把书包里的东西全倒出来，几（jī）乎（hū）布满了整个客厅。然后，她进了房间，静静地等待。

"啊！"妈妈出来了。

"她一定会大吼吧？"胡童鞋心想。

但是，没有预（yù）料（liào）中的吼叫声，

她只听见物体在地上拖（tuō）曳（yè）的声音。

胡童鞋急忙走到客厅一看，妈妈正在用她的"扫把脚"把所有的东西"扫"到一个角落，就像扫地一样。

"妈妈！"

"这些东西阻（zǔ）碍（ài）我走路，我也不知道你什么时候会收拾，堆（duī）到一边去，你什么时候想收拾，就收拾。"

"我不想收拾！"胡童鞋故意唱反调（diào）。

"没关系啊！书包是你的，明天上学的是你，又不是我。呵呵……"妈妈说完就走掉了。

"啊……"胡童鞋后悔把书包都清空了。

后来，她故意再捣蛋了几次，妈妈都没气得变成母老虎，反而是她每一次都要收拾自己制造出来的残（cán）局（jú），累惨了。

拖曳：拉着走。
唱反调：提出相反的主张，或采取相反的行动。
残局：这里指事情失败后的局面。

当胡童鞋已经百分百确定妈妈是不会变成母老虎时，发生了一件事，改变了她的想法。

今天，妈妈带胡童鞋到购物中心逛（guàng）逛。

逛着、逛着，妈妈的手机响了。

于是，妈妈便一边讲电话，一边慢慢地走。

胡童鞋觉得妈妈走得太慢了，她就走在前头，去看她想看的东西，但还是在妈妈的视线范（fàn）围（wéi）内。

她看东西时太投（tóu）入了，没发觉到后头有一个怪叔叔悄（qiāo）悄地跟着她，还不时用眼角（jiǎo）偷看她。

"咦（yí），那不是星座玩偶（ǒu）吗？好漂亮！"

当胡童鞋在一个摊（tān）档（dàng）前看玩偶时，那个怪叔叔也跟了过去。

他拿着手机假装在看，但镜头竟然对准胡童鞋的背面！

他在偷拍胡童鞋！

啪（pā）！

"啊！"

突然，胡童鞋听见身后有一声巨（jù）响，还有人大叫的声音！

她立刻转身一看，只见一个男人惊（jīng）慌地跌坐在地上，一部手机滑（huá）到老远的地面，一个女士手上紧（jǐn）抓购物袋，气呼（hū）呼地瞪着那个男人。

许多人停下脚步围观，想知道发生了什么事。

"妈妈？"胡童鞋惊呼。

"宝贝，快过来！"妈妈向她招（zhāo）手，眼睛还是紧盯（dīng）着怪叔叔。

怪叔叔想趁（chèn）妈妈的注意力分散时，爬过去捡回他的手机。

"你休想拿回手机！"妈妈迅（xùn）速（sù）

扑（pū）过去，举起购物袋就不停地在他的头和身上招呼。

"你这个变态（tài）狂（kuáng），竟然偷拍我女儿！"

"你别乱讲……我都不知道你的女儿是哪一个！"怪叔叔还想狡（jiǎo）辩（biàn）。

"你以为我没看见？我在后面留意很久了，她走到哪里，你就跟到哪里，你还想否（fǒu）认？"

狡辩：狡猾地强辩。
否认：不承认。

妈妈厉（lì）声责问。

"那只是碰（pèng）巧（qiǎo）而已！这是很正常的事，好不好？好好逛街，却被一个泼（pō）妇误（wù）会和跟踪（zōng）！算了，算我倒（dǎo）霉（méi）！"怪叔叔站起来想要赶快离开现场。

"你连手机都掏（tāo）出来拍我女儿了，还要狡辩！"妈妈气得头上冒（mào）烟，手上的购物袋一丢，一巴掌就落在怪叔叔的脸上。

啪！

"哇！"围观的人惊讶（yà）不已，有人还当场用手机录下来。

当妈妈还想补上两脚时，保安赶到了。

"我们是这里的保安，大家冷静，请告诉我发生了什么事。"保安队长把妈妈拉开。

"保安？"怪叔叔的脸色变了，他的视线一直往手机看。

"队长，手机。"一个保安把地上的手机交给队长。

"你的手机？"队长问怪叔叔。

"啊，是！谢谢……"怪叔叔急忙伸手想要拿回手机。

"别还给他！"妈妈立刻大声阻止。

"哦？"队长把手缩（suō）回。

"这个变态一直跟着我女儿，还偷拍她！不信的话，你可以查看他的手机！"妈妈告诉队长。

"你别听她乱说，她诬（wū）赖（lài）我！把手机还给我！"怪叔叔急了。

"你说什么？"妈妈大吼。

"太太，你先冷静。谁说谎？谁诬赖？看了手机里的照片就知道。"队长指示一个保安打开手机里的相（xiàng）册（cè）。

"队长，手机上了密（mì）码（mǎ）锁（suǒ），开不了！"

"密码是什么？"队长问怪叔叔。

"刚才头被打晕（yūn）了，忘了！"怪叔叔

嘻嘻！我设了密码锁，看你们怎么开！

怎么开不了手机？

太狡猾了！

诬赖：在毫无根据的情况下，指责别人做了坏事。

16

假装失忆（yì）。

"忘了？没关系，那我们只好把手机交给警察来打开！"队长还有对策（cè）。

"报警？不可以！"怪叔叔双腿一软（ruǎn）。

"不能报警？那就报上密码吧！"

"密码是……"怪叔叔只好把密码说出来。

保安输（shū）入密码，成功开启（qǐ）了手机，映入眼帘的照片竟然是"小萝（luó）莉"！

"啊，队长……"保安让队长看手机里的相册。

队长看了好久，才把所有的照片看完，脸色难看得很。

手机里面有上千张小女生的照片，不少照片看起来是偷拍的。

"你这个变态狂，连小女孩也不放过！"妈妈也看见了，她忍不住又要冲上去教训他，但被保安

对策：对付的策略或办法。

拉住了。

"太太，你的女儿是受害者，你打算如何处理？我们会全力协（xié）助你。"队长问妈妈。

"报警！"妈妈毫（háo）不犹（yóu）豫（yù）地说。

"等一下！刚才你不是说过，给了密码就不报警吗？"怪叔叔慌了。

"我有说过吗？"队长问旁边的保安。

"没有！"保安大声回答。

"你们……"怪叔叔这才发现中（zhòng）计，但已经被保安押（yā）走了。

围观的人全都鼓掌欢呼。

"太太，请你也跟我到保安室去做个记录。"

"没问题！我收拾一下就过去。"妈妈比了一个"OK"的手势（shì）。

毫不犹豫：形容做事果断，一点儿也不迟疑。

"妈妈……"

"宝贝，吓坏你了吧……"妈妈感到心疼，紧紧地抱着胡童鞋。

"不……妈妈，原来你也会变成母老虎呢！"胡童鞋笑着帮妈妈整理头发。

"母……老虎？"妈妈没听明白。

第二天，胡童鞋一进教室就大声向同学们说道："我的妈妈也变成母老虎了！"

"我就说吧，每一个妈妈一生气就会变成母老虎！"陆立昂的样子很得意。

"但是，我妈妈的情况不一样。昨天……"胡童鞋把昨天发生的事告诉大家。

"没想到，平时那么优（yōu）雅（yǎ）的阿姨，竟然会在公共场所打人！"

"阿姨变的母老虎，比我们的妈妈还要凶、还要厉害！"

"平时无论我做错什么事，妈妈都不会破口大骂，她在我有危险时，才会变身来保护我！"胡童

母老虎，就是他偷拍我的照片！

吼！

别吃我！我再也不敢了！

鞋觉得很开心。

　　"如果我们的妈妈也是这样就好了……"

　　"其实，妈妈会变成母老虎，是因为她们太紧张孩子，要孩子学好，但太心急了，所以才会一开口就骂。"杨阳说话了。

　　"啊，说得真好！"胡童鞋打从心里赞（zàn）叹。

　　"陆立昂！"教室外突然传来一名巡（xún）察（chá）员（yuán）的叫唤声，"你的妈妈找你！"

　　果然，陆妈妈就站在教室外。

　　"陆立昂的妈妈杀上来了！"

　　"母老虎……"

　　"陆立昂又闯了什么祸？"

　　陆立昂的背脊（jǐ）发寒，硬着头皮走出去。

　　"陆立昂！你看你，急着出门，连饭盒都忘了拿，午休时没东西吃，你不要跟我闹胃（wèi）痛，我警告你……"陆妈妈一见到儿子就像机关枪般骂个不停。

"知道啦！"

陆立昂一把接过饭盒就转身进教室，表面上一副不耐（nài）烦的样子，心里却是乐滋（zī）滋的。

"爱心饭盒哟！"

同学们起哄（hòng），故意闹陆立昂。

"啊？这不是母老虎饭盒吗？"邓鼎突然冒出一句。

"闭嘴！"陆立昂瞪了他一眼。

下次不敢了

如果一个人太在乎自己外貌的不完美，除了会造成心理压力，还会给生活带来困扰。

来，大家跟着音乐跳舞！

老师、老师，真美丽

"你看到了吗？"

"看到了！看到了！好美喔！"

"真的！很像明星呢！"

"不知道她负责教什么科（kē）目（mù）？最好有教我们！"

胡童鞋一踏进教室，便听见同学们在热烈（liè）地讨论。

"刘奕雅，他们在讨论什么？好像很兴（xīng）奋（fèn）的样子。"

"讨论什么？"刘奕雅反问她。

　　"我知道的话，干（gàn）吗（má）还要问你啦！"胡童鞋感觉无奈（nài）。

　　"胡童鞋，他们是在讨论今天来的新老师啦！"蔡文婕告诉她。

　　"刚才我看见校长带她绕（rào）校园一圈。"周子温也知道。

　　"新老师？"

无奈：表示对某人或某事没有办法。

"对啊！很漂亮，打扮还很时髦（máo）喔！"

"她很会化妆（zhuāng）呢！脸蛋很精致，就像一个陶（táo）瓷（cí）娃娃。"

女生们最关心漂亮的事物。

"化妆喔？这个我没兴趣，我比较想知道她会不会教我们的班级。"胡童鞋的性格不像普（pǔ）通的女生。

"我们的音乐老师怀孕（yùn）了那么久，差不多要去生宝宝了。难道……"

"新老师教我们音乐？"

"很有可能喔！"

"今天有音乐课，待会儿就知道是不是了！"

她们没猜错，音乐课时，纪（jì）老师带了新老师来到海洋班。

同学们一阵（zhèn）骚（sāo）动。

时髦：形容人的装饰、衣着或其他事物新颖入时。
骚动：这里指秩序紊乱。

　　"同学们，这位是你们的音乐老师——岳老师。大家要好好地听岳老师的教（jiào）导（dǎo）。"

　　"岳老师好！"

　　"同学们，早上好。"岳老师不单长得漂亮，声音也很甜。

　　纪老师介（jiè）绍（shào）后，交代了几句话就离开了。

　　"请问班长是……"岳老师问道。

　　"王天翔！"

人家……就是班长啦！

哇！王天翔，我从来不知道你的脸有害羞的功能！

嘻嘻！

"嗯……我是……班长。"王天翔举手。

"我没看错吧？王天翔竟然害羞？"胡童鞋对刘奕雅说道。

但是，她的声音太大了，大家都听到了，连岳老师都听见了。

"哈哈哈哈哈！"

同学们纷纷转头看王天翔，然后爆（bào）笑。

"吼（hǒu）……"王天翔的脸变得通红。

"你看，他还脸红咧！"胡童鞋继续跟刘奕雅说话。

同学们笑得更厉害了，陆立昂他们则辛苦地在憋（biē）笑。

岳老师也忍不住掩（yǎn）嘴偷笑。

"岳老师笑得好美喔……"

"好像娃娃……"

憋：抑制或堵住不让出来。

大家的目光没办法离开岳老师的脸。

自从岳老师来了之后，同学们突然变得很爱上音乐课，恨（hèn）不得每一天都能见到她。

"我在想，如果学校有化妆课就好了，岳老师会是最棒（bàng）的化妆老师，我一定要跟她学！"蔡文婕说道。

"不是吧？你只是小学生而已，现在就要学大人化妆？"胡童鞋觉得她太夸（kuā）张了。

"岳老师的脸真漂亮！"刘奕雅也留意到了。

"我也要像岳老师那样，从现在开始学习化妆，以后才能展（zhǎn）现最美的自己！"蔡文婕下定决心。

"你哪来的化妆品？"周子温问道。

"偷用妈妈的。嘻嘻！"蔡文婕真的很爱美。

"你的胆（dǎn）子真大！"

蔡文婕，你的脸怎么搞成这样？

这可是现在最流行的大戏妆呢！

"我还是觉得自然就好，不必化太浓（nóng）的妆……"胡童鞋还是不能接受。

"现在上什么课？为什么大家都出去了？"

"啊，体育课！我们还没换运动服！"

四个女生只顾着讲话，突然发现全班同学都走光了，她们这才慌张地去厕所换衣服。

当同学们都在操场集合时，不见云老师，反而看见另一个穿着运动服的老师走了过来。

"岳老师！"

"同学们，今天云老师去开会，我来代课。"
岳老师说道。

"太棒了！"同学们一阵欢呼。

"周子温，你看看岳老师……"胡童鞋觉得有
点儿奇怪。

"怎么了？"

"除了服装不一样，岳老师的脸跟平时一样完
美！教体育课，竟然还化浓妆、戴假睫（jié）毛！"
胡童鞋有所发现。

"对哦……"

"你们不觉得很怪吗？"胡童鞋问道。

"可能岳老师早上化好妆来学校，一来才知道
要代课，所以就直接教课……"周子温猜测（cè）。

"对啊！对啊！"蔡文婕也同意她的说法。

"可是……"

"运动用了很多热量，肚子好饿……"刘奕雅

摸了摸肚子。

"刘奕雅，体育课才开始五分钟而已！"三个女生大喊。

"呵呵，是喔？"

今天，校长要大家一起为校园大扫除。

每一个班级的学生必须负责清理自己的教室，老师们则（zé）负责清理教室以外的地方。

许多同学把桌椅都搬（bān）到操场上，方便清理教室。

胡童鞋和周子温合力把一张桌子抬（tái）到操场上。

"周子温，你看！"胡童鞋用眼神示意她往篮球场的方向看。

"看什么？"周子温望过去。

只见岳老师和几个女老师在擦桌椅。

　　"所有的女老师都扎（zā）起头发，脸上干干净净的。只有岳老师还是一样有完美妆容：眼影、眼线、腮（sāi）红、口红、假睫毛……全部到齐！"胡童鞋好眼力。

　　"这……"

　　"你别告诉我，她来到学校才知道今天要大扫除！"

　　"嗯……不是的……我想告诉你一件奇怪的

事……"周子温吞（tūn）吞吐（tǔ）吐的。

"什么事？我们也要听！"蔡文婕和刘奕雅不知道从哪里冒（mào）了出来。

"哇，你们差点儿吓死我了！"胡童鞋一把推开蔡文婕的脸。

"周子温，快说！"

"嗯……你们都知道戴老师和我住在同一个小区（qū），最近，岳老师也搬去和戴老师一起住了……"

"然后呢？"

"有一天晚上，我下楼丢垃圾，刚好碰见岳老师也要丢垃圾……她换上了便服，但是……"周子温努力地回想那一天的情况。

"但是什么？"大家都很紧张。

"她的脸……还是一样完美，完整的妆容，包

吞吞吐吐：形容有所顾虑，有话不敢直说或说话含混不清。

括长长的假睫毛！"

"晚上丢垃圾也要化妆？"

"不只是丢垃圾，岳老师在小区里跑步，或去附（fù）近打包食物时，都化妆……"周子温继续说。

"感觉很怪……"

突然……

"同学们，需要老师的帮忙吗？"

胡童鞋她们转头一看，发现岳老师就站在她们的后面。

"哇！"四个女生惊（jīng）叫。

"怎么了？"岳老师也吓了一跳，长长的睫毛眨（zhǎ）啊眨的。

她们看得呆住了。

"没……没什么！老师，我们自己抬就行了，你去帮他们吧！"胡童鞋看见"四大天王"坐在地上偷懒，随手指向他们。

"哦？好吧！"岳老师向"四大天王"走去。

"岳老师，帮帮我们……"陆立昂假装没力气。

四个女生赶快趁（chèn）机溜（liū）走。

今天戴老师忙完学校的工作后，已经是傍晚时分，她拖（tuō）着疲（pí）惫（bèi）的身体回到家。

她是外地人，因此在学校附近租了一套房子，最近把其中一个房间租给岳老师住。

"咦，岳老师不在家吗？"戴老师发现屋里暗暗的，没开灯。

她准备做晚饭，想问岳老师要不要吃，于是便去敲（qiāo）她的房门。

"岳老师，你要吃晚餐吗？"

戴老师等了许久，都没有人回应。

"岳老师……"她转动门把，发现房门没上锁。

戴老师走进房间里，里面漆（qī）黑一片，她听见很重的呼吸声。

小姐，你是谁啊？到我家来干吗？

你好，可以给我水喝吗……

"岳老师，你别吓我……"

今天是星期天，胡童鞋、刘奕雅以及蔡文婕约好了要到周子温家讨论分组作业。

"终于完成了！"胡童鞋欢呼。

"做完啦？周子温，快拿红豆汤给你的同学喝。喝完后，帮妈妈送给戴老师和岳老师喝。"周妈妈吩咐。

"岳老师？"四个女生一起叫了出来。

"对啊！她们两人背井（jǐng）离乡来到这里教书，刚巧（qiǎo）又住在附近，我们要给她们一点儿家庭的温暖。"周妈妈很有爱心。

"好吧……"周子温不太愿（yuàn）意。

"没关系，我们陪你一起去！"胡童鞋拍了拍

背井离乡：离开家乡，在外地生活。

胸（xiōng）口。

于是，她们四个人便提着红豆汤出门了。

"有戴老师在，不怕！"胡童鞋安抚（fǔ）她们。

到了老师们的家，开门的果然是戴老师。

"戴老师，妈妈叫我们给您送红豆汤！"

"周妈妈太客气了，你们进来吧！"戴老师请她们进去坐。

"岳老师……不在吗？"胡童鞋东张西望。

"岳老师昨晚病倒了，她在房间里休息。这红豆汤来得正是时候，我去叫她出来喝。"戴老师去唤（huàn）岳老师出来。

一会儿后，戴老师扶着岳老师出来了。

"啊，岳老师……"

四个女生见到岳老师，脸上露出惊讶（yà）的表情，所有的动作都"定格"了。

"你们……怎么了？为什么这样看着我？我的脸上有什么东西吗？"岳老师紧张了起来。

"什么东西都没有！"

"什么东西都没有？"岳老师急忙摸她的脸，"啊，我的脸！镜子！镜子呢？"

"这里有镜子……"戴老师急忙递给她一面镜子。

岳老师紧张地把镜子抢（qiǎng）了过来。

"我的妆呢？我明明没卸（xiè）妆，为什么全不见了？"岳老师十分惊慌。

"昨晚你病得昏（hūn）昏沉（chén）沉的，我就帮你卸妆了，想让你舒服一点儿……"戴老师告诉她。

"我没化妆，不能见人啊！我的脸都是雀（què）斑（bān），你们别盯着我看！"

"雀斑？岳老师，你不说，我们都没察觉你脸上有雀斑呢！"

卸妆：除去脸上等部位的化妆品。

"不可能！我的雀斑又多又丑……刚才你们一看见我的时候，还吓呆了！"岳老师用手遮（zhē）住脸。

"我们吓一跳，是因为没看过岳老师那么干净的脸，感觉自然又亲切。"

"自然？亲切？不是丑八怪吗？"岳老师难以置（zhì）信。

"原来岳老师一直化妆，目的是要遮盖（gài）雀斑！"胡童鞋终于知道了。

"对……我的脸从小就长满雀斑，一直都被同学取笑，所以长大后就拼命化妆来遮丑。化妆越久，我就越不敢让人看见我的真面目，甚（shèn）至连妆都不敢卸……"

"难怪岳老师的脸每时每刻都那么完美！"

"岳老师，其实你的雀斑没那么严重，如果你再不卸妆，恐（kǒng）怕皮肤会严重受伤，到时候会比雀斑还要丑呢！"戴老师劝她。

"真的吗？"

"真的！我妈妈也说过常化妆对皮肤不好，不卸妆更是'不要脸了'！"胡童鞋说道。

"岳老师，你的脸还要不要啊？"

"其实，雀斑挺（tǐng）可爱的！"刘奕雅说道。

"完全同意！"

"岳老师，你应该接受你的雀斑，充满自信地度（dù）过每一天，就像我这样！"胡童鞋确实自信十足（zú）。

"我试一试……"

第二天，岳老师果然没化妆来学校教课。

但是，同学们着（zhuó）实（shí）吓了一大跳，私（sī）底下议（yì）论纷纷。

胡童鞋她们知道了，急忙去办公室找她。

议论纷纷：不停地讨论与揣测。

45

"胡童鞋，老师想通了，现在充满了自信，不再害怕被人看到真面目了！"岳老师很开心。

"啊……"

"岳老师，你的素颜也太彻（chè）底了吧？脸泛（fàn）油光……头发散乱……"胡童鞋看傻了眼。

"哎呀，早上太匆（cōng）忙，我忘了洗脸、梳头发！"岳老师惊叫。

"嘻嘻，岳老师真可爱！"

46

毛毛虫

故事3

虽然网络可以为我们带来许多资讯、乐趣和便利，但在使用时，我们要懂得自律，不要沉迷。

再过去一点儿……

胡童鞋的
神秘 "朋友"

今天我们要玩什么呢？

跟着我，你就会知道！

　　"胡童鞋，是时候回家喽！"妈妈站在门口呼唤（huàn）今天去了邻居咪咪家玩的胡童鞋。

　　妈妈叫了好几声，咪咪家的门都没有打开。

　　"胡童鞋——"

　　"来了！来了！"胡童鞋终于出来了。

　　"妈妈的喊声整个小区的邻居都听见了，你现在才听见啊？"

　　"妈妈，请问我可以再多玩一会儿吗？"

　　"不好吧？咪咪一家要休息了，已经十点了。"妈妈开门让她进来。

已经很晚了，你是不想回家睡觉吗？

我想要睡觉了……

哇，我不要和咪咪分开啦！

　　"喔……"胡童鞋万般（bān）不舍（shě）地跟咪咪道别，"咪咪，我要回家了。晚安！"

　　"姐姐，晚安。"

　　妈妈一边关门，一边向想要一屁股坐在沙发上的胡童鞋喊道："你洗脚了没？"

　　"喔……"胡童鞋无精打采地站起来。

无精打采：形容没有精神，提不起劲。

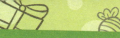

"妈妈在房间里休息，你要进来睡觉时，记得把所有的电器都关掉喔！"

"知道了……"

于是，妈妈回房间钻（zuān）入温暖（nuǎn）的被窝，胡童鞋一个人在客厅里看电视。

今天是星期五，每一个星期五晚上，星期六及星期天，她都可以向妈妈借旧手机来用。

"唉……"

胡童鞋觉得很无聊，她躺在沙发上，打开手机。

"咦？"她突然盯（dīng）住手机，双眼发光。

接着，只见她的手指飞快地在手机屏幕上滑动，脸上露出了兴奋的表情。

"嘻嘻……"

今天是星期天，胡童鞋一早就起身，在客厅里懒洋洋地喝牛奶。

"妈妈，咪咪他们一早就出去了……"

"喔……妈妈做意大利面给你当午餐，好不好？"妈妈问她。

"好……"

"哎呀，番茄酱（jiàng）过期了，香肠（cháng）也没有了！"妈妈打开冰箱时才发现。

"没有番茄酱的意大利面啊？"胡童鞋很担心妈妈会自创（chuàng）怪食谱（pǔ）。

"不如我们去买食材，顺便吃个午餐。"妈妈提议。

"那什么时候煮意大利面呢？"

"晚上！"

"去餐馆吃午餐……好啊！"胡童鞋好像突然想起了什么，兴奋了起来。

没两下子，她已经换好衣服了。

食谱：这里指说明食物制作方法的单子。

"我可以带手机出门吗？"胡童鞋问妈妈。

"嗯，你要小心保管，还有……别偷带皮皮喔！"妈妈警告她。

"不会！不会！嘻嘻……"

妈妈和胡童鞋到了购物中心后，逛了一会儿。

"妈妈，我饿了。"

"啊，那么快？现在才十二点，你已经饿了？"妈妈还在选她最爱的连衣裙。

"嗯。我消化能力好嘛！"

"哎哟！这样啊……好吧，我们去找餐馆吃午餐。"妈妈万般不舍地放下连衣裙，向店里面喊道，"老板，待会儿我再过来喔！"

"妈妈，我要去'再来一碗餐厅'吃午餐！"

"'再来一碗餐厅'？那儿有什么好吃的吗？"

"有……啊！那里的迷你比萨（sà）很好吃！

妈妈，你不是也喜欢他们店里的咖啡吗？”

　　"嗯，他们的传（chuán）统（tǒng）咖啡真的很香、很浓（nóng）……"

　　"那我们快去吧！"胡童鞋拉了妈妈就走。

　　她们进了餐厅，胡童鞋一坐下来就掏（tāo）出手机，然后盯着桌上的一个小牌（pái）子。

　　不久后，她的手机便一直"叮叮叮"的，发出信息的通知音。

　　"咦，怎么突然有那么多信息？"妈妈问道。

"喔，我刚连接这里的无线上网（wǎng）服务器，所以才能够收到信息。"

"你怎么会知道他们的密（mì）码（mǎ）啊？"

"这里啊！"胡童鞋指着小牌子。

"原来是这样……放下手机，快点餐！"

"遵（zūn）命！"

胡童鞋迅速地吃完了迷你比萨，立刻又捧起手机看信息了。

她一边看，一边傻笑。

妈妈看在眼里，心里想：胡童鞋好像很期待信息，她是在和谁互传信息啊？

妈妈悄（qiāo）悄地留意胡童鞋的反应，发觉她真的很投入地看信息，眼睛还会发亮。

不久后，妈妈要结账（zhàng）了。

"啊，要走啦？"胡童鞋好像很不愿意。

"对啊，还没买东西呢！"

"那么快就走喔……"

"怎么了？你在等重要的信息吗？"

"没有啊……走，我们去买东西，买完赶快回家！"胡童鞋急忙把手机收起来。

回到家时，妈妈把车停好，然后和胡童鞋一起从泊（bó）车位走回家。

"唉，还没回家……"胡童鞋在自言自语。

"谁还没回家啊？"妈妈警（jǐng）觉了起来。

"没……没有啊，我是说……终于回家了！"胡童鞋看起来很不自在。

"喔？"妈妈觉得胡童鞋怪怪的。

进屋后，妈妈在厨房里忙着处理买回来的东西，没空去理她。

"唉……"胡童鞋的叹息声又传来了。

妈妈脑袋里的警示灯亮了起来，她悄悄地探出头去偷看。

只见胡童鞋躺在沙发上，看着手机，双眼发直。

乍（zhà）一看，还以为她拿着一张照片，看着相中人叹息。

"唉……"又来了。

"她果然是在等信息！她一直手不离机，那个人对她来说一定很重要。"

过了一会儿，胡童鞋站起来，拖（tuō）着身体走向阳台，然后踮（diǎn）起脚来张望。

还没回来吗？

等得我的脖子都变长了！

你到底是在等谁呀？

"那么久都还没回……"她一脸失落。

"啊，她在等谁回家？难道那个人就住在附近？"妈妈大惊（jīng）失色。

胡童鞋魂（hún）不守（shǒu）舍（shè）地倒在沙发上，连最爱的电视机都没开。

"糟（zāo）糕，竟然连电视节目都不看了！"妈妈心里一惊。

魂不守舍：形容精神恍惚、心神不定。

59

这时候，房子外面传来车子行驶（shǐ）的声音。

她突然弹（tán）了起来，向阳台冲去，脸上充满了期待。

咻（xiū）——

车子经过了阳台外。

"唉，还以为回来了……"失落的表情又回到了她的脸上。

妈妈看在眼里，心里五味杂（zá）陈。

隔了没多久，胡童鞋又站了起来，走到阳台上伸（shēn）长脖（bó）子张望。

这个动作一直重（chóng）复（fù）了七八次。

妈妈忍不住了，她走出厨房，坐在沙发上，打开电视来看。

"哎哟！你看看他们，年龄那么小就学人家谈恋（liàn）爱……"妈妈指着电视机，"结果呢？

五味杂陈：形容感受复杂而说不清。

无心上学，功课、考试、学业一团（tuán）糟……"

"啊？"

"学生的责任就是把书念好，吸收知识。求学的时候谈情说爱，不顾学业，后悔时已经来不及了！"

"啊？"

"别'啊'了，说说你的看法。"

"我的看法就是……电视上明明在播哆啦A梦动画，哪里来的谈情说爱？"胡童鞋张大眼睛仔（zǐ）细（xì）看电视屏幕。

"这……哎呀，那个不重要！嘿，你记得你外婆家对面的那一家人吗？"妈妈转（zhuǎn）移（yí）话题。

"哪一家啊？"

"那家有两个很爱哭的小朋友啊！记得吗？"

"喔……"

"听说他们的妈妈在念书的时候就谈恋爱了

呢！"

"你怎么知道的？"

"你外婆说的啊……"

"外婆又是怎么知道的呢？"

"那小朋友的外婆告诉你外婆的……哎哟，这些不重要啦！"

"喔……"

"然后喔，那个女生还没完成学业就已经结婚了呢！当她的朋友们都还在享（xiǎng）受校园生活的时候，她就必须在家里照顾宝宝。"

"她不用去上学，那就是说，她再也不用做功课，也不用考试？"

"对……"

"真好呢……"

"喂，妈妈要讲的重点不是不用做功课和考试啦！"

"哦？妈妈，那你要讲的重点是什么？"胡童鞋眨着大眼睛看着妈妈，等待她的回答。

"我的重点是……是……"妈妈突然不知道怎么说了。

"是什么？"

"重点是……你的功课做完了没？什么时候有考试？"妈妈再次转移话题。

"功课做完了，老师还没通知我们考试日期……"胡童鞋觉得妈妈答非所问。

胡童鞋成长小说系列

"那就好！妈妈先去洗澡，然后……睡个午觉！"妈妈心里焦（jiāo）急，需要静下来想办法。

"喔……"胡童鞋一边回答，一边走向阳台。

"哎哟，暗示了那么多，她都不明白！我又不能明讲，万一她不理会我的反对，坚（jiān）持（chí）要……"

妈妈关上房间门，急得如热锅（guō）上的蚂蚁。

"对了，我可以上网查查啊！一定会找到解决方法的。"

于是，妈妈坐在地上，拿起手机上网搜（sōu）寻（xún）资料。

由于太紧张了，她按错了图标（biāo），打开了通信软件。

"哎哟！别紧张、别紧张……咦，胡童鞋现在'在线上'？她的手机没有流量，家里也没安装网络服务器，她怎么会'在线上'？"妈妈觉得不可思议。

妈妈蹑（niè）手蹑脚地走出房间，躲在客厅的墙后偷窥（kuī）。

"嘻嘻……"

只见胡童鞋真的捧着手机，手指飞快地在屏幕上按，还发出愉（yú）悦（yuè）的笑声！

妈妈发现她设（shè）了静音，收到信息时，手机没发出通知音。

蹑手蹑脚：形容走路时脚步很轻。
偷窥：偷看。

"神奇地连接到网络……设静音……这个胡童鞋的花样还真多！看来，事情越来越复杂了！"妈妈的额（é）头在冒（mào）汗。

妈妈继续躲着，她用通信软件发了一条消息……

胡童鞋，你哪来的网络连接？

胡童鞋原本喜悦的表情，在三秒后转变成惊恐（kǒng）。

"呃……"她急忙把手机塞（sāi）到皮皮的下面。

妈妈走了出来，胡童鞋的身体坐得直挺（tǐng）挺的，表情很不自然。

"妈妈？嘻嘻……"她一脸心虚（xū）。

"请解释（shì）一下。"妈妈板着脸。

"我……连接了咪咪家的 Wi-Fi……"

"你怎么会有咪咪家的 Wi-Fi 密码？"

"那一天……我在咪咪家玩时……咪咪帮我

输入……后来……我发现回到家后……还连接得
到……"胡童鞋越说越小声。

　　"但是，咪咪他们不是出门了吗？怎么还连接
得到？服务器没关上？"

　　"他们刚回来了！"胡童鞋兴奋地指着停放在
不远处的蓝色车子。

　　"难怪你一直去阳台张望……"

　　"对啊！我在等咪咪回来，然后我就可以连接
他们家的 Wi-Fi 了！"

说！你到底是谁？

请叫我"万人迷"！

Wi-Fi

"中午，你选'再来一碗餐厅'吃午餐……"

"他们店里有免费 Wi-Fi 啊！没有 Wi-Fi，我完全没办法上网，很痛苦啊……"

"哈，原来'他'的名字叫作 Wi-Fi！"妈妈恍（huǎng）然大悟（wù）。

"他？谁的名字叫作 Wi-Fi 啊？"胡童鞋糊涂了。

恍然大悟：忽然明白。

　　"谁？没有……啊！呵呵……"妈妈的心里在笑自己大惊小怪。

　　"喔。"

　　"咦？不对，你怎么可以在没得到允（yǔn）许的情况下，偷用咪咪家的 Wi-Fi？"

　　"嘻嘻……"

　　"胡童鞋，你的喜怒（nù）哀（āi）乐，全都被 Wi-Fi 牵（qiān）着鼻子走，你已经中了 Wi-Fi 的毒了！我暂（zàn）时不会在家里安装 Wi-Fi，直到你能够自律（lǜ）。"

　　"什么？"

　　"现在立刻停止连接，以后再也不能这样做。"妈妈严（yán）厉（lì）地警告她。

　　"喔……"胡童鞋的眼珠子转啊转。

　　胡童鞋等妈妈离开后，马上把手机拿出来，想

牵着鼻子走：比喻受人支配。
自律：自我约束。

要背着妈妈再连接咪咪家的 Wi-Fi。

"无网络连接？呜啊啊——"胡童鞋惨叫。

原来妈妈回到房间后，发了信息给咪咪的妈妈，说怀疑（yí）她家里的 Wi-Fi 被盗（dào）用，叫她赶紧换密码。

"呵呵……"

盗用：非法使用。

一样是 "密"

今天什么水果最新鲜啊?

葡萄很新鲜,你可以试吃喔!

奇异果呢? 新鲜吗?

鲜甜又多汁!

好了没?

老板娘,你这里的Wi-Fi密码是什么?

呵呵!

只有哈密瓜,没有密码! 小摊子哪有Wi-Fi啦!

当别人的言行伤害了你，令你感到不愉快时，你要勇敢地表达自己的感受，并请他们停止这样做。

脸上长了"两条线"

张小棣六岁就开始戴眼镜。

他是个大近视，常常把眼镜挂（guà）在鼻梁上。

一旦（dàn）把眼镜拿下来，他的视线就会变得一片模（mó）糊，完全没办法看清楚眼前的东西，连走路都成了问题。

今天上体育课的时候，陆立昂急着抢球，一个不小心撞倒了张小棣，把他的眼镜也撞跌了。

"哎呀！"

"张小棣，你没事吧？"陆立昂转身问他。

"我的眼镜呢？"张小棣眯（mī）着眼睛，双

手慌张地在地面摸索（suǒ）。

"这里！这里！"邓鼎把眼镜捡起来要递给他。

"快给我！"张小棣把眼镜抢过来戴上。

"哎呀！你的眼镜坏了……"邓鼎说道。

张小棣拿下来一看，发现眼镜一边的框（kuàng）断开了！

"陆立昂，都是你害的！"张小棣很生气。

"让我来帮你看一看……"陆立昂拿起眼镜仔细检查，"喔，只是螺（luó）丝（sī）掉了而已，装回去锁（suǒ）紧（jǐn）就没事了！"

"你会不会修啊？"张小棣不太相信他。

"骗你有钱收吗？先找螺丝啦！"陆立昂没好气。

"吼，真麻烦！我去旁边休息，修好了再叫我！"王天翔不耐（nài）烦地走开了。

摸索：这里指寻找。

  "我找到了！"邓鼎的手捏（niē）着一枚（méi）超级小的螺丝。

  "邓鼎，眼力很强喔！"陆立昂瞄（miáo）了张小棣一眼，故意这么说道。

  "呵呵，没有啦……"

  陆立昂找女同学借了一个发夹（jiā），很快就把眼镜修（xiū）好了。

  "这种小事难不倒我！"陆立昂得意扬扬。

  "哼，谢啦！"张小棣眯着眼睛，伸出手来。

  "咦？"陆立昂没把眼镜递给他。

"干（gàn）吗（má）？还我眼镜啊！"

"陆立昂，眼镜修好了没？还打不打球啊？"王天翔走了过来。

"老大，你看张小棣的眼睛，像不像……两条线？"陆立昂说道。

"你不说，我真的没留意到，很像呢！"王天翔像发现新大陆（lù）那样，"张小棣，你确定有把眼睛睁（zhēng）开吗？"

"有啦！陆立昂，快把眼镜还给我！"没有了眼镜的张小棣，非常没有安全感。

"你们在看什么？"有同学围（wéi）上来了。

"陆立昂说张小棣的眼睛像两条线……"傻气的邓鼎说了出来。

"两条线？"

"真的很像！"

"这还是我第一次看到没戴眼镜的张小棣呢！原来他的真面目是这样的！"

胡**童鞋**成长**小说系列**

"张小棣，眼镜还你！老大，我们去打球！"陆立昂说完就走了。

张小棣急忙把眼镜戴上，这才看见周围已经围了一大群同学，大家好奇地在讨论"两条线"。

他急忙冲出人群，向远处跑去。

"气死我了！"

体育课结束后，同学们回到了教室，大家全身都是汗。

王天翔正在把老师改好的作业簿分发给大家。

林中竹歪（wāi）着头看了老半天，然后喊了起来："班长，这不是我的作业簿！"

"吼！谁的作业簿，你自己拿给他啦！烦死了！"王天翔不耐烦。

"这本作业簿是张……是两条线的！"林中竹挥（huī）动作业簿，向张小棣喊道，"两条线，你的作业簿在这里！"

"哈哈哈哈哈！"

全班同学顿（dùn）时哄（hōng）堂大笑。

张小棣恨（hèn）不得地上有个洞，好让他钻进去。

"两条线，快来拿你的作业簿啊！我很热，不想动，你自己来拿！"林中竹还在叫。

"哈哈哈哈哈！"

"两条线，林中竹在叫你呢！"

"两条线，你不要作业簿了吗？"

"为什么叫张小棣两条线啊？"有的同学还不知道，便向旁人打听。

"那是因为……"

结果，"两条线"的由来一下子便传（chuán）开了。

张小棣在众（zhòng）人的笑声中，低着头快步冲向林中竹，取（qǔ）回他的作业簿。

自从那一天起，同学们就一直叫张小棣"两条线"。

他不喜欢大家叫他"两条线"，却没勇气说出来，自己憋在心里生气。

"讨厌的陆立昂！都是他害的！"

今天放学后，大伙儿在月亮补习中心上课。

上数学课的时候，叶老师要同学们把白板上的

图形画在纸上，然后计（jì）算面积（jī）。

"你们专心计算，老师去上个厕所。"叶老师说完就走了出去。

胡童鞋的数学不太好，总是粗（cū）心大意又急躁（zào），常常没仔细看题目。

"刘奕雅，为什么我算来算去，总是算不出？"

刘奕雅看了看胡童鞋画的图形，说道："胡童

胡童鞋成长小说系列

鞋，你这里画错了……"

"哪里？不是这样画一条线直下吗？"

"不是的，这一条线要这样……然后这样……"

"哎哟，这哪里是一条线？明明就是两条线嘛！难怪我会画错！"胡童鞋这才明白了。

"两条线？"

"哈哈哈哈哈！"

同学们突然大笑，原来他们又想到了张小棣的外号。

张小棣的脸红了起来，额（é）头开始冒（mào）汗。

"你们很无聊！"胡童鞋没和他们一起闹，继续努力跟一大堆直线"战（zhàn）斗（dòu）"。

陆立昂则跟着大伙儿笑了几声。

"眼睛怎么会像线呢？嘻嘻！"邻校的范美美

外号：根据某人的特征而为他另取的非正式名字。

也忍不住偷笑。

张小棣发现范美美也知道了他的外号，他把头埋（mái）得更低，下巴都要贴（tiē）着胸口了。

"可恶（wù）！"他紧握拳（quán）头，心里又难为情，又生气。

他生胡童鞋的气，更生陆立昂的气。

张小棣，我这两条线画得对不对？

别问我！我不知道啦！

难为情：不好意思。

几天后……

又到了体育课的时间，海洋班的学生像野（yě）马那样向操场跑去。

云老师要大家进行接力赛跑，四人一队。

胡童鞋、刘奕雅、周子温和蔡文婕组成一队，"四大天王"肯定同一队，其他的同学也纷纷找人组队。

"大家准备好了吗？"云老师对第一批（pī）比赛的同学喊道，"预（yù）备……开始！"

六队选手的第一棒（bàng）在号令下，拔（bá）腿就跑。

"加油！加油！加油！"

其他的同学在旁边加油打气，喊声震（zhèn）

号令：这里指下达的命令。

耳如雷（léi），大家都很激动。

　　第一棒跑得最快的是周子温和王天翔，他们旗鼓（gǔ）相当，难分胜负（fù）。

　　到了第二棒的时候，胡童鞋那一队由刘奕雅上阵（zhèn），而"四大天王"队则派出了邓鼎。

　　刘奕雅和邓鼎都跑得很慢，结果渐（jiàn）渐地被其他的队伍超（chāo）越（yuè）了。

　　幸好接下来有蔡文婕和张小棣跑第三棒，这才

旗鼓相当：比喻双方力量不相上下。

85

把距（jù）离又拉近，胡童鞋那一队和"四大天王"队再次领（lǐng）先。

负责最后一棒的是胡童鞋和陆立昂。

当张小棣还剩下一百米就要交棒给陆立昂时，他的速（sù）度（dù）突然慢了下来。

"吼！张小棣，你在搞什么？快！快啊！"

"张小棣，胡童鞋接到棒了，你快点儿啊！"

但是，张小棣完全不理会队友的催（cuī）促，他继续慢慢地跑。

眼看胡童鞋从蔡文婕手上接了棒就像猎（liè）豹（bào）那样狂（kuáng）奔（bēn），陆立昂急得如热锅（guō）上的蚂蚁。

"两条线，你是乌（wū）龟（guī）啊？"陆立昂脱口而出。

张小棣一听到"两条线"，无名火顿时从胸口

领先：这里指水平或成绩等处于最前列。

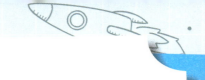

冒了起来，他把棒子一丢，冲向前把陆立昂扑（pū）倒。

"喂，你搞什么鬼？我们还在比赛中！"陆立昂立刻站了起来，急忙去捡回棒子。

"谁让你叫我两条线！"张小棣很生气。

"我只是开玩笑的，好吗？"陆立昂捡起了棒子，想要继续跑完最后一棒。

"你的一个玩笑，害我被大家取笑，甚（shèn）至连其他学校的学生都在笑我！"张小棣竟然抢回棒子，丢得更远了，"我就不让你比赛！有胆（dǎn）

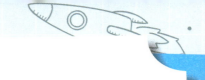

87

你再叫！"

"你……"陆立昂被他激怒（nù）了，大声喊道，"两条线！你就是两条线！我叫一百次都没问题！两条线！两条线！两条线！"

陆立昂一边喊一边用手拉眼角，把眼睛拉长，模仿张小棣的样子。

张小棣双眼通红，拳头一握紧就发狂地扑向陆立昂。

陆立昂也不赛跑了，他不甘（gān）示弱地还击（jī）张小棣，两个人倒在地上扭（niǔ）打了起来。

"啊！"

"有人打架！"

"住手！"云老师跑过来把他们拉开。

最后，云老师把他们带去见班主任——纪老师。

还击：回击。

纪老师来到海洋班的时候，脸上没有笑容。

她已经从陆立昂和张小棣口中知道了事情的<u>来龙去脉</u>（mài）。

"今天，老师要跟你们说一个故事。从前，有一个女生，打从小学开始，大家都叫她'小鸡仔'。她觉得大家都在嘲（cháo）笑她像小鸡，她很难受，

<u>来龙去脉</u>：这里比喻事情的前因后果。

很不喜欢那种感觉，甚至开始讨厌鸡，但她没有告诉任何人。"

"如果她不喜欢，为什么她不说出来？"

"你们也认为她应该说出来？"纪老师问道。

"对啊！"同学们回答。

"因为女生没有表示不喜欢，于是大家就一直叫她小鸡仔，直到有一天……"纪老师继续说道。

"啊，她真的变成小鸡了？"胡童鞋大叫。

"哈哈哈哈哈！"大家被她逗（dòu）笑了。

"她没有变成小鸡。"纪老师继续说故事，"有一天，小明又叫她小鸡仔了，她终于忍不住哭了出来。当小明问她为何哭时，她这才把心里的话说了出来……原来，大家都以为那只是无伤大雅（yǎ）的玩笑，还觉得小鸡仔很可爱，并不是在嘲笑她长得像小鸡。女生说出来后，大家都不再叫她小

无伤大雅：对主要方面没有妨害。

鸡仔了。"

"早说不就好了嘛！那就不会有那么多误（wù）会，她也不必自己难过那么久了。"胡童鞋说道。

"她不喜欢别人叫她外号，却藏（cáng）在心里不说，自己生闷气。张小棣，你认为她傻不傻呀？"纪老师问道。

"蛮（mán）傻的……"张小棣挠（náo）了挠头皮，一脸尴（gān）尬（gà），因为他知道纪老师是在说他。

"张小棣，现在你有话想要对同学们说吗？"纪老师问他。

"我……我不喜欢你们叫我两条线，请你们以后别这样叫我了！"张小棣终于鼓起勇气说出来。

"原来你不喜欢喔？"

"张小棣，对不起！"

"现在我们知道了，以后都不会那样叫你了！"

大家这才明白张小棣的感受。

"不喜欢就早说嘛！我怎么知道你那么讨厌，还要动手推人……"陆立昂在嘀（dí）咕。

"陆立昂，如果同学们叫你难听的外号，你心里会觉得如何？"纪老师问他。

"谁敢？看我一脚……"陆立昂的反应很大。

"你肯定会生气吧？"

"当然！"

"所以啊，张小棣会生气也是正常的。"

"喔……"

"己所不欲（yù），勿（wù）施（shī）于人。你是不是应该向他道歉呢？"

"张小棣，对不起……"陆立昂抓了抓他的头。

"哼，知道自己错了吧？"张小棣得意扬扬。

"给别人取外号，令对方不舒服，这是不对的行为。打架也是不对的行为喔！"纪老师看着他们俩（liǎ），"你们两个都有错，都要接受惩（chéng）罚（fá）！"

"什么？"

"不是吧？"

"老师，罚他们洗厕所！"胡童鞋兴奋地建议。

"这建议不错哟！"纪老师掩（yǎn）嘴笑。

"我的天啊！"两人惨叫。

"哈哈哈哈！"

己所不欲，勿施于人：自己不想要的，就不要施加给别人。

胡童鞋成长小说系列

　　"老师，刚才故事里的小女生……是不是你啊？"胡童鞋突然举手发问。

　　"为什么你会这么说呢？"纪老师问她。

　　"因为……你姓纪！纪、鸡、纪、鸡……念起来很像呢！"胡童鞋解释。

　　"对喔，真的很像！"

　　"我怎么没想到？"

　　"原来纪老师小时候也被取过外号！"

　　同学们热烈地讨论起来。

　　纪老师微笑地看着他们，没有说话。

为什么我这么倒霉？

全都是托你的"福"啦！

快点儿洗！别偷懒！

两条线先生

95

一旦对别人做出了承诺，我们就要守信用，尽力去完成。

这些食物是用来叫醒我的胃，接下来，我还要吃早餐、午餐、下午茶、晚餐、消夜……

超级大胃王

今天，纪老师组织班上的同学玩游戏。

她准备了一个盒子，里面装了写上每一个同学名字的小纸条。

"每人抽（chōu）一张小纸条，不要让别人知道你抽到谁。如果有人抽到自己的名字，那就要放回去，再抽一张。"纪老师说明。

"哇，好像很好玩喔！"

"这游戏叫'愿望天使'。你抽到谁的名字，你就是他的愿望天使。"纪老师解（jiě）释（shì）道，"你们可以向愿望天使许愿，他会为你实现愿望。"

"哈哈，那我要一座豪（háo）宅（zhái）！我的愿望天使呢？快变出来给我！"

"我要一天一个愿望！"

"你们可以先听我说完吗？"纪老师快翻（fān）白眼了。

"各位冷静点儿！"胡童鞋突然大喝（hè）一声。

同学们立刻静了下来。

豪宅：豪华的住宅。
喝：大声喊叫。

"愿望天使只会在自己的能力范围之内，实现一个愿望。游戏时限（xiàn）是一个星期。一个星期后，天使就变回凡（fán）人，不能实现愿望了。"纪老师说出游戏规则。

"一个愿望？那我要想清楚才许愿。"

"老师，我可以知道谁是我的愿望天使了吗？"

"可以公开了。其实，这游戏的目的是要大家学习付出，体会感恩（ēn）……"

可怜（lián）的纪老师，她的声音淹（yān）没（mò）在同学们兴奋的情绪（xù）中，大家纷纷报告自己抽到的名字，没人在认真听她说话。

"刘奕雅，我们老大是你的愿望天使，你实在是太幸运了！"张小棣一脸嫉（jí）妒（dù）。

"为什么？"蔡文婕问道。

"我们老大有的是钱啊！他有什么愿望是不能

实现的？"

　　"有钱就是万能吗？或许刘奕雅的愿望是金钱买不到的呢？"胡童鞋讨厌他们金钱至上的想法。

　　"买得到！用钱买得到！"刘奕雅竟然急着回答。

　　"刘奕雅……"胡童鞋心里暗（àn）叫不好。

　　"嘿，不妨（fáng）说来听听！"陆立昂也想知道。

　　"我有一个愿望一直埋（mái）藏（cárg）

我们是好朋友喔！

嗯！嗯！

你这个见到食物就不理会朋友的刘奕雅！

在心里……我希望有一天可以……从早上吃到晚上！"刘奕雅鼓（gǔ）起勇气说出来。

"刘奕雅，能不能有点儿出息？"胡童鞋气呼呼的。

"哈，还以为是什么艰（jiān）难的任（rèn）务！"

"别说一顿，我们老大请你吃几天都没问题！"

"我不贪心，一天就够了！"刘奕雅的眼睛在闪耀（yào）着光芒（máng）。

"不要！不要！"胡童鞋立刻阻（zǔ）止（zhǐ）。

"胡童鞋，你这是看不起我吗？我说了请吃一整天，就是一整天！如果食言（yán）的话，我就是……"

"香肠（cháng）！"张小棣真是多嘴。

"哈哈哈哈！"

食言：没有履行许下的诺言。

　　大家哄堂大笑，王天翔气得快要爆（bào）炸（zhà）了。

　　"王天翔，你一定会后悔（huǐ）……"胡童鞋在自言自语。

　　今天是星期天，王天翔将实现刘奕雅的愿望。

　　一伙人坐在购物中心的一家餐厅里，包括随着王天翔一起来的表哥——刘得华。

　　他是应（yìng）王天翔妈妈的要求来看着他们的。

　　"我们店里有中餐、西餐、日本料理、韩（hán）国料理……什么都有。请问你们要吃什么？"服务员（yuán）问道。

　　"刘奕雅，你想吃什么？"

　　"巨（jù）无霸（bà）三明治、油条、鱼排，还有鸡饭！"刘奕雅点餐。

"老大是问你早餐……"

"而且，你不用帮我们点餐。"

"这些都是我自己的早饭……的开胃（wèi）餐而已！"刘奕雅解释。

"她的意思是说，吃了这些食物后，再吃早餐。"胡童鞋补（bǔ）充（chōng）。

"什么？"

男生们以为自己听错，个个呆住了。

"对啊！对啊！"刘奕雅用力点头。

"虽然今天我请客，但你可不能吃不完浪费食物！"王天翔认为刘奕雅不可能吃得完。

"我最痛恨（hèn）浪费食物了！"刘奕雅用力地抓紧拳（quán）头。

"我也是！"邓鼎十分赞同。

"食物来了，快吃吧！"刘得华很好奇，想看她如何吃。

"啊，我们都还没点餐！"

　　"那我先开动喽！"刘奕雅说这句话时，已经吃完了鸡饭。

　　当他们走出餐厅时，购物中心的人越来越多了。

　　"那里有很多人在排队，不知道卖什么呢？"

　　"呵呵，章（zhāng）鱼烧喔！"刘奕雅有一个"食物雷（léi）达（dá）鼻子"。

　　"想吃就买，我说了请你吃一整天！"王天翔

请叫我刘得华！

我们去那儿看看有什么东西吃！

好啊！

很大方地说道。

"老板，我要十串（chuàn）！"

"刘奕雅，我们还很饱，吃不下。"

"不好意思，她并没有算你们的份儿。"胡童鞋冷淡（dàn）地通知陆立昂。

"十串？一串有四个章鱼丸（wán）子，十串有四十个！"

"她一个人要吃四十个丸子？"刘得华甘（gān）拜下风。

王天翔觉得吃了那么多东西，刘奕雅的胃应该很胀（zhàng），装不下了。

"王天翔，还不去付（fù）钱？"胡童鞋提醒他。

"一点儿小钱，算什么？"

"你的钱……带得够不够多？"胡童鞋替他担心。

甘拜下风：佩服别人，自认不如。

"当然够多！你少担（dān）心，我不会忽然反悔的！"王天翔以为胡童鞋说他没信用。

"王天翔真有男子气概（gài）！"刘奕雅竟然因为美食，完全忘记了以往如何被他欺负。

"一言既（jì）出，驷（sì）马难追！要不然如何当我们的老大？"张小棣急忙为老大说话。

"刘同学，你的胃（wèi）是怎样的一个构（gòu）造啊？"刘得华看得很惊（jīng）讶（yà）。

一言既出，驷马难追：形容话说出之后，无法再收回。强调说话要算数，不能反悔。

"华哥，你问的是哪一个胃？她有好几个胃呢！"胡童鞋开玩笑。

"走，我们去吃午餐吧！"刘奕雅吃完了，擦了擦嘴巴。

"走吧！刘奕雅的早餐胃满了，午餐胃还空空的呢！"胡童鞋拍了拍王天翔的肩（jiān）膀。

这一餐，刘奕雅选了日本料理。

"表弟，日本料理很贵，分量又少。你的同学可能会点很多……"刘得华跟王天翔讲悄悄话。

"表哥，面子问题，我一定要撑（chēng）下去……"

"你的钱，真的够？"

"我开始担心……"

"好，先点这些，不够的话再加。"刘奕雅已经点好餐了。

"点了什么啊？"

"一份豪华三文鱼刺身套（tào）餐、乌（wū）

冬面、海蜇（zhé）、干贝、小墨（mò）鱼、烤（kǎo）鲔（wěi）鱼、日本咖喱饭、茶碗蒸（zhēng）、家庭装各色寿司……还有一些配（pèi）菜、小食，就这些而已。"刘奕雅一一数出来。

　　"老大，只有邓鼎还吃得下，我们不行了。"张小棣报告。

　　"早餐都还没消化。"陆立昂摸摸肚子。

　　"我们也还饱呢！"周子温指着她自己和胡童鞋。

"今天你们是托（tuō）刘奕雅的福，我顺便请你们吃。不吃，可别后悔喔！"

"我真幸运，遇到一个这么棒（bàng）的愿望天使，呵呵……"刘奕雅十分感恩。

"发表感言时，你记得在纪老师面前大力地称赞你的愿望天使就行了！说不定，纪老师会给我一个 A+。"

"原来你不是诚心实现愿望的！你是为了得到表扬（yáng）才实现刘奕雅的愿望！"胡童鞋不认同王天翔的想法。

"这有什么不对？完成任务后，我只要求几句赞美，不会很过分吧？"王天翔觉得没问题。

"那祝你能顺利完成任务！"胡童鞋不想理他了。

"刘奕雅，饱不饱？还要吃什么？"王天翔问道。

"所有同样的食物，再来一份！"刘奕雅举手喊服务员。

吃完午餐后，大家在购物中心里逛。

"表弟，刚才那一餐，钱包大出血喔？"刘得华走在后面，悄悄地问王天翔。

"唉……没想到她那么会吃！"

"你还撑得住吗？"

"恐（kǒng）怕不行了……"

表弟……

表哥，这手表，你帮我卖了换钱吧！

王天翔，刘奕雅又买东西吃了，快去付钱！

"那怎么办？"

"表哥，你带了多少钱？先借给我。"

"我？没带钱啊！"

"啊？"

"或者……你就骗她说你肚子疼，要回家……"刘得华建议。

"不行！我说了要请客，可不能不守（shǒu）信用。我可是男子汉（hàn）大丈夫，怎么可以做这种事？"王天翔不能接受。

"你带的钱都快被她吃光了，谁还理什么大丈夫啦！"刘得华被他气得直跳脚。

"总之，我答应了她，那就一定要做到，除非她自己说不吃了！"

"以目前的情况来看，这不太可能……"

"都是你啦！你一个大男人，出门竟然没有带钱，要不然就可以先借给我用！"王天翔埋（mán）怨（yuàn）他。

　　"王天翔，刘奕雅在买雪糕，快去付钱！"胡童鞋在喊他了。

　　"来了！"王天翔转（zhuǎn）头看着刘得华，小声说道，"救我！"

　　"怎么救？"刘得华用唇（chún）语问他。

　　"想办法！"王天翔边走边转头用唇语回答他。

　　"他说什么？"刘得华不明白。

唇语：在不发出声音的情况下，嘴巴做出说话的动作。

"唉，他是叫你动脑筋（jīn）想办法！"胡童鞋摇头叹（tàn）了一口气。

"同学，你的朋友到底要吃多少东西才会饱啊？"刘得华问胡童鞋，他很同情表弟的钱包。

"哈哈！你有所不知，刘奕雅是一个如假包换的大胃王！"

"大胃王？"

"对！她的胃就像无底洞，怎么都填不满，我好像从来没听过她说饱。平时，她的妈妈不让她吃太多，今天她总算可以'大开杀戒（jiè）'，把食物全杀光光！"

"啊！既然你知道，为什么不告诉王天翔啊？"

"我早就暗示他了，但他以为我在怀疑（yí）他没能力请客。"胡童鞋觉得很无奈（nài）。

"表弟，你要保重啊……"刘得华看着王天翔

如假包换：原为商家的宣传口号，意即"如果是假货，保证负责退换"，后被引用于别处，表示"一定是真的"。

的背影，默默地祝福他。

刘奕雅越吃越兴奋，王天翔的脸色却越来越难看。

"王天翔，下午茶时间，你想吃什么？"刘奕雅的眼睛发亮。

"我……"

"我想要吃炸（zhá）鸡！"刘奕雅越战越勇，没等他回答，直接就走进了炸鸡店。

王天翔站在原地看着她的背影，突然想掉眼泪。

"嘿，如果现在让你许一个愿望，你会希望……"胡童鞋的脸突然凑（còu）近王天翔。

"希望刘奕雅停止吃东西！"王天翔不假思索地说。

不假思索：想都不用想，形容说话做事迅速。

"没问题！"

"没问题？"

只见胡童鞋走进炸鸡店，在刘奕雅的耳朵旁说了几句话，然后两人便一起出来了。

"王天翔，我要回家了。今天，谢谢你啊！"

"不吃了？"王天翔不敢相信。

"虽然还想继续吃……但我要回家做蛋糕给胡童鞋。我是她的愿望天使，她刚刚对我许了愿。"

"哦……"王天翔明白了。

"我送你们回家吧！"刘得华赶紧提议，怕她改变主意。

一行人往大门口走去时，王天翔终于松（sōng）了一口气。

"终于结束了！轮到我好好地想一个愿望，叫我的天使为我服务，加倍（bèi）补偿（cháng）我今天的付出！"

　　"你的天使不会再为你实现愿望了。"胡童鞋
冷冷地回应他。

　　"为什么？"

　　"你已经用掉你的愿望了。"

　　"我哪有许过愿？"王天翔一脸疑惑（huò）。

　　"有啊，你说：'希望刘奕雅停止吃东西！'
然后，我帮你实现愿望了！"

　　"啊！你……"

你的愿望天使是不会再实现你的愿望的！

为什么？怎么可以这样啦？

"嘻嘻，我就是你的愿望天使！"胡童鞋比了一个"V"的手势（shì）。

"妈呀！到最后……原来我什么都没有！"

"别这样，你做得很好呢！守信用，没食言！刘奕雅永远都不会忘记你的付出。"胡童鞋拍了拍他的肩膀。

"这信用……好贵啊！"王天翔的眼角默默地流下了一滴泪。

大胃王分蛋糕

即使身体有缺陷，只要我们拥有一颗善良、豁达的心，生命就会圆满。

拳头里的秘密

蒂丽是胡童鞋的同班同学。

她的样子很普（pǔ）通，身材矮胖，很少说话，也没什么主见。

因此，除了田若美之外，她没什么亲密（mì）的朋友。

蒂丽有一个习惯（guàn），她的左手总是喜欢握着拳（quán）头。

"蒂丽，为什么你一直握着拳头？"

"是不是在生气？"

有人察（chá）觉到了，这样问她。

每一个人都会有小动作，别大惊小怪！

胡童鞋，你的小动作也太恶心了吧？

"呵呵，没生气啦！这只是我的小习惯……"蒂丽紧（jǐn）张地解（jiě）释（shì）。

"哎哟，你们怎么那么八卦？每一个人都有小动作，这是很正常的。"胡童鞋知道原因，急忙帮她解围（wéi）。

"呵呵……"蒂丽感激地看着胡童鞋。

今天上绘（huì）画课的时候，花老师要同学们

解围：这里指使人摆脱不利或为难的处境。

把颜料涂（tú）在手掌（zhǎng）和手指上，然后印在图画纸上，做"手画"。

于是，大家就用七彩的颜料发挥创意，制作自己的"手画"。

绘画课结束前，花老师叫大家把作品交给班长，让班长送到办公室去。

花老师离开教室后，陆立昂和张小栋去翻（fān）看同学们放在王天翔桌上的作品。

"嘻嘻……"张小栋一面看，一面取（qǔ）笑别人的作品。

当看到蒂丽的作品时，他看了很久。

"咦，这'手画'怎么怪怪的？"张小栋绞（jiǎo）尽（jìn）脑汁在想哪一个部分不对劲（jìn）。

"这'手画'有两根拇指！"陆立昂有了发现。

"两根拇指？什么意思？"张小栋不明白。

绞尽脑汁：形容费尽脑力思考。

"我们的哪一根手指只有两节？"陆立昂问他。

"拇指。"张小棣竖（shù）起自己的拇指。

"你看看画里的手指印，有两根是两节的！"

"真的！"张小棣以为蒂丽印错了，便大声地笑她，"蒂丽，你的小指变成拇指了吗？哈哈哈哈！"

蒂丽的脸都白了。

"什么两根拇指？给我看看！"同学们纷（fēn）纷围上来要看蒂丽的"手画"。

"这是怎么印出来的啊？"

"蒂丽，看看你的手指！"

"蒂丽的小指很奇怪，很短呢！你们快来看！"白雪儿突然叫了起来。

蒂丽没发现白雪儿站在她的后面，她急忙握紧左手的拳头。

"真的吗？我要看！"其他的同学很好奇，纷纷走过去想看蒂丽的小指。

蒂丽慌了起来，把左手拳头握得更紧了，还把手藏（cáng）在身后。

"蒂丽，别那么小气，给我们看看嘛！"

"你的左手经常握着拳头，原来是这个原因！"张小棣竟然蹲（dūn）下去看。

"刚才……我看见蒂丽的小指只有两节，而且没有指甲，很丑呢……"白雪儿跟几个女生在窃窃私语。

"蒂丽，你是不是太饿，所以把一节小指吃掉

窃窃私语：私下里小声交谈。

126

了啊？哈哈哈！"

"每一个人的小指都有三节，为什么你的只有两节？难道你不是人类（lèi）？"

"蒂丽是外星人吗？"

同学们对蒂丽的小指不停地猜测（cè），她害怕得快哭了。

"喂，你们说够了没有？"刚进教室的胡童鞋喝住他们。

"胡童鞋来了，我们快走！"

同学们都不敢惹（rě）胡童鞋，张小棣溜〔liū〕得最快。

蒂丽委（wěi）屈（qū）得很，看见胡童鞋，眼泪一发不可收拾。

"蒂丽，他们都在胡说，别理会他们！"胡童鞋安慰（wèi）她。

委屈：受到不应该有的指责或待遇，心里难过。

127

"我讨厌……自己的小指……跟别人不一样……"蒂丽很难过。

"这……"胡童鞋也不知道该怎么安抚(fǔ)她。

蒂丽放学回到家的时候,妈妈就发觉她的脸色不对劲。

"蒂丽,怎么了?"

"妈妈……为什么我跟别人不一样?"蒂丽问道。

妈妈听到她这么问,心里已经知道发生了什么事。

"同学……又取笑你的小指了?"

"嗯……"蒂丽委屈的泪水又流了下来。

蒂丽的小指是天生的缺(quē)陷(xiàn),

缺陷:欠缺或不够完备的地方。

妈妈也不知道原因是什么，所以一直没办法给蒂丽一个很好的解释。

"妈妈不是跟你说过吗？这是天生的，你一出生就是这样了……"

"为什么是我？为什么只有我这样？"这问题，蒂丽已经问了无数次。

"都是妈妈不好……"妈妈一直都十分内（nèi）疚（jiù），没能给蒂丽一个健全的身体。

内疚：内心感到惭愧不安。

胡童鞋成长小说系列

蒂丽得不到答案，哭得更伤心了，她边哭边生气地拉小指，好像这样做就会把小指拉长。

妈妈心疼极了，但不知道该怎么安慰她。

今天早上有体育课，云老师吩咐同学们十人一组，九人围成一个圈，一人站在中间，玩"猴子抢球"游戏。

蒂丽被分配（pèi）到"四大天王"那一组，

她觉得很不安。

"大家用心地抛(pāo)球和接球,如果球被'猴子'抢到了,失手的那个同学就要当'猴子'!大家可以开始了!"云老师解释玩法。

刚开始时,大家都乖乖地抛球、接球。

当云老师走远时,"四大天王"交头接耳,不知道在打什么坏主意。

没一会儿,轮到陆立昂当"猴子"。

王天翔接到球后,把球抛给了蒂丽。

蒂丽慌张地接球,接到后,她把球抛给对面的同学。

"啊!"

球被陆立昂抢下了,蒂丽必须当"猴子"。

蒂丽战(zhàn)战兢(jīng)兢地站在中间,她努力地高举双手要把球给拦(lán)截(jié)下来。

蒂丽只想赶快接到球,不要当"猴子"。

但是,他们互相呼(hū)应(yìng),四人把球抛来接去，蒂丽根本没机会碰到球。

"哈哈，看到了吗？"

"看到了！看到了！"

"我就说了，我的方法一定行得通！"

"真的很奇怪！怎么会长成这样？"

自从那一天被取笑后，蒂丽更常握着左手的拳头。

"四大天王"为了看蒂丽的小指，竟然使计（jì）

让她成为"猴子"，因为要抢球，她就不能再握拳头。

蒂丽知道了他们的坏主意后，气得发抖（dǒu），泪水直流。

"怎么了？"云老师走了过来。

"老师，'猴子'抢不到球，生气了哟！"陆立昂还取笑她。

"呜（wū）……"蒂丽难过得掩（yǎn）着脸跑掉了。

在另一组的胡童鞋看到了，她立刻冲了过来。

"今天我不教训（xùn）你们，我就不姓胡！"她怒（nù）气冲冲地要扑（pū）向陆立昂。

"住手！"云老师急忙挡（dǎng）在中间。

刘奕雅和周子温赶紧拉住胡童鞋。

结果，胡童鞋被云老师带去见纪老师。

胡童鞋把事情告诉纪老师。

怒气冲冲：形容非常生气的样子。

纪老师严（yán）厉（lì）地训了那几个捉弄蒂丽的男生一顿。

今天早上，妈妈送胡童鞋和咪咪上学后，便到附近的菜市场去逛逛。

走了没一会儿，妈妈看见了一张忧愁（chóu）的面孔（kǒng）。

"咦，你不是蒂丽的妈妈吗？"妈妈急忙上前去打招呼。

"对啊！请问你是……"

"我是胡童鞋的妈妈，蒂丽和胡童鞋同班，我们在家长日见过了。呵呵，见到你真好！"

"啊，我想起来了！真抱歉（qiàn），刚才一下子没认出你来。"蒂丽的妈妈觉得不好意思，"你有事找我吗？"

"对啊！再不解决就大事不好了！"胡童鞋的

拳头里的秘密

妈妈急忙把她拉到旁边去谈。

"怎么了？是不是蒂丽在学校惹事了？"蒂丽的妈妈紧张了起来。

"啊！不是、不是！我的意思是，如果我再不帮胡童鞋处（chǔ）理，我就会被她烦得头疼！"

"到底是什么事呢？跟蒂丽有关？"蒂丽的妈妈一头雾（wù）水。

"其实，胡童鞋跟我说了蒂丽的心事……"

胡童鞋的妈妈在她的耳边说了很多，只见蒂丽的妈妈不住地点头，还用手擦（cā）掉眼角的泪水。

两个妈妈在菜市场里谈了很久、很久……

放学后，蒂丽闷（mèn）闷不乐地回到家里。

妈妈看见她把左手放进运动裤的口袋里。

"蒂丽，今天上学好玩吗？有发生什么趣（qù）事吗？"妈妈尝（cháng）试用轻松的语气问她。

"趣事……把我当作捉弄的对象，那就是他们的趣事……"蒂丽一说完，眼泪又掉下来了，"妈妈，我不想再上学了……呜呜……"

"啊……"妈妈急忙放下手上的活儿，把蒂丽抱在怀（huái）里。

"妈妈……为什么我跟别人不一样……呜呜呜……"

"妈妈来给你讲个故事。你知道吗？妈妈在生下你的前一个晚上，做了一个奇怪的梦……"

"奇怪的梦？"

"对。妈妈梦见了一只可爱的小猫，它要过马路，马路上有很多车，它不懂得看车。当小猫冲出马路时，被一辆车子撞（zhuàng）到了……"

"啊！小猫受伤了？"

"对。小猫伤得很严重，猫妈妈跑过来的时候，它看着猫妈妈，微（wēi）微地动了几下，然后就

不再动了。"

"小猫死了？"

"小猫死了。猫妈妈不停地舔（tiǎn）它身上的血，一直在喵喵叫，它想要叫小猫赶快起身，别再睡了……"

"小猫醒了吗？"

"小猫没醒。天上有一位神仙刚好带着一群小天使去游玩，他们听见了猫妈妈的叫声，小天使们吵着要神仙救小猫。于是，神仙说道：'如果你们愿意送一份礼物给猫妈妈，我就能够让小猫复（fù）活。'小天使们问神仙：'什么礼物？'"

"什么礼物？"蒂丽也想知道。

"神仙回答说：'我只要一节小指。只要有这一节小指，我就可以把它变成那一只小猫。谁愿意送这一份礼物？'"

"啊……小天使们答应了吗？"

"小天使们都不敢说话了，只有一个小天使勇

敢地站了出来，伸（shēn）出左手的小指说道：'我
愿意把这一份礼物送给猫妈妈！'"

"后来呢？"

"后来，神仙真的拿走了那个小天使的一节
小指，把它变成了小猫。猫妈妈看着复活的小猫，
不停地舔它的脸……再后来，妈妈就从梦中醒来
了。那一天，妈妈把你生了下来。当你出生的时候，
妈妈抓（zhuā）起你的左手一看，发现小指少了
一节……"

"我就是那个小天使？"蒂丽睁（zhēng）大了眼睛。

"嗯……你说呢？"妈妈反问蒂丽。

"原来是因为这样，我的小指才会少了一节！"蒂丽这才明白了。

"如果你觉得少了一节小指很难过，那么，妈妈再梦见神仙的时候，向他要回来，好吗？"

"要回了那一节小指，小猫会怎样？"蒂丽很关心小猫。

"如果要回那一节小指的话，猫妈妈就会失去小猫了。"

"啊，那别要回那一节小指！我不要小猫离开猫妈妈！"蒂丽急得抓着妈妈的手。

"你愿意永远把这一份特别的礼物送给猫妈妈？"妈妈轻轻地抚（fǔ）摸（mō）蒂丽的小指。

"我愿意！"蒂丽笑了。

"如果同学取笑你，你还会为少了一节小指而难过得掉眼泪吗？"

　　"不会了！因为这一节小指，小猫才能够留在猫妈妈的身边，我为它们感到开心！"

　　"这是我们的秘（mì）密（mì），我们拉钩，不让别人知道！"妈妈竖（shù）起小指。

　　"好！"蒂丽竖起的是那一根一直都刻意藏起来的左手小指。

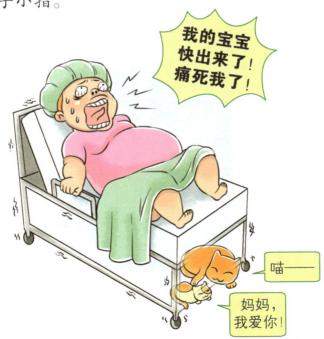

我的宝宝快出来了！痛死我了！

喵———

妈妈，我爱你！

看来，蒂丽终于释怀，不再害怕别人看见她那根小指了。

"你知道吗？你把一个宝贵的礼物送给了猫妈妈，神仙也送了妈妈一份珍贵的礼物。"妈妈说道。

"真的吗？神仙送了什么礼物给你？"蒂丽很好奇。

"一个勇敢的小天使。"

释怀：（爱憎、悲喜、思念等感情）在心中消除。

拳头里藏了秘密

嗯?

胡童鞋，你干吗握紧拳头，在生谁的气?

啊!

告诉妈妈，谁惹你生气了?

你偷用我的指甲油? 难怪握紧拳头，怕我发现!

嘻嘻!

我的成长日记

图书在版编目(CIP)数据

超级大胃王/(马来)李慧星著;骑士喵工作室绘. —福州:海峡文艺出版社,2021.11
(胡童鞋成长小说系列)
ISBN 978-7-5550-2653-2

Ⅰ.①超… Ⅱ.①李…②骑… Ⅲ.①儿童故事—作品集—马来西亚—现代 Ⅳ.①I338.85

中国版本图书馆 CIP 数据核字(2021)第 091356 号

本书原版由知识报(马)私人有限公司[Chee Sze Poh(M)Sdn Bhd]在马来西亚出版,今授权福建海峡文艺出版社有限责任公司在中国大陆地区出版其中文简体字平装本版本。该出版权受法律保护,未经书面同意,任何机构与个人不得以任何形式进行复制、转载。

项目合作:锐拓传媒(copyright@rightol.com)
著作权合同登记号:图字 13－2020－069

超级大胃王

[马来西亚]李慧星　著　骑士喵工作室　绘

责任编辑　蓝铃松
助理编辑　刘含章
出版发行　海峡文艺出版社
经　　销　福建新华发行(集团)有限责任公司
社　　址　福州市东水路 76 号 14 层
电话传真　0591－87536797(发行部)
印　　刷　福州德安彩色印刷有限公司
厂　　址　福州市金山工业区浦上标准厂房 B 区 42 幢
开　　本　880 毫米×680 毫米　1/24
字　　数　55 千字
印　　张　6.5
版　　次　2021 年 11 月第 1 版　2021 年 11 月第 1 次印刷
书　　号　ISBN 978-7-5550-2653-2
定　　价　26.00 元

如发现印装质量问题,请寄承印厂调换　电话:0591－28059365